反斗群英
3

爆笑才藝比賽

梁望峯

人物介紹

夏桑菊
成績以至品行也普普通通的學生，渴望快些長大。做人多愁善感，但有正義感。

黃予思（乳豬）
個性機靈精明，觀察力強，有種善解人意的智慧。但有點霸道，是個可愛壞蛋。

姜C
超級笨蛋一名，無「惱」之人，但由於這股天生的傻勁，令他每天也活得像一隻開心的猴子。

胡凱兒
個性冷漠，思想複雜，口直心快和見義勇為的性格，令她容易闖出禍來。

孔龍（恐龍）
班中的惡霸，恃着自己高大強壯的身形，總愛欺負同學。

KOL
年紀小小的 youtuber 和
KOL，性格高傲自戀。

呂優
班裏的第一高材生，但個子細小
又瘦弱，經常生病。

蔣秋彥（小彥子）
個性溫文善良的高材生，
但只有金魚般的七秒記
憶，總是冒失大意。

方圓圓
為人樂觀友善，是班中的友誼小姐。胖胖
的身形是她最大的煩惱，但又極其愛吃。

曾威峯
十項全能的運動健將，惜學業成績
差勁。好勝心極強，個性尖酸刻
薄，看不起弱者。

目錄

卑英小學

第1章
班際才藝表演

　　早會時，班主任安老師宣佈：「兩星期後，學校會舉行**班際才藝表演**，歡迎各位同學踴躍參與。大家可以個人名義表演，也可組隊參加。主題和表演形式沒限制，同學們可盡情**發揮所長**。每一班會挑選出一名或一組優勝者，在週會中向全校師生表演。」

　　小三戊班的同學，聽到這個刺激的消息，各人也**摩拳擦掌**，準備使出渾身

解數，爭取在全校師生面前表演。

　　小息時，同學們熱烈商量，班上高大強壯的男生孔龍拍拍他上臂的大老鼠說：「我表演**舉重**！」

　　運動神經發達，**十項全能**的運動健將曾威峯說：「我要表演控球不落地，才藝表演時間是三分鐘，哼哼，這可難不倒我吧！」

見兩個男生說得興起，在 Youtube 頻道有幾萬名追隨者的 KOL 也決定參戰，她驕傲地說：「我會直播網上賣貨，讓大家欣賞我的銷售實況！」

全班成績最好的高材生呂優，微笑着說：「為表支持，我應該也會參賽……不如就讓老師即場出數學題吧，我快速心算出來吧。」

胖胖的方圓圓也蠢蠢欲動，準備參一腳：「我想跳《白天鵝》的一段舞！」

女班長蔣秋彥見好友方圓圓也要參賽，她興奮笑說：「我表演彈琴，彈自己最拿手的《天空之城》曲子。」

　　然後，有更多同學分別道出了自己準備表演的項目，如魔術、跳繩、拋沙包、玩劍球等，各有才藝，看來會有一番惡鬥。

　　輪到姜C發言，他猛地站起來，兩臂向前伸直，微微彎曲了雙腳，紮起一個馬步來，一臉嚴肅地說：「我要表演忍笑！」

　　「聽你這樣說，我就忍不住想測試一下了！」在姜C身旁的夏桑菊，以迅雷不及掩耳的速度，一手

搔癢他的腰、一手搔他的腋窩，心想姜 C 一定**哈哈大笑**，沒想到姜 C 居然不閃不避的，紮穩馬步，呶起朱唇，真的非常非常認真地忍笑。

夏桑菊**嘖嘖稱奇**，他真想脫掉姜 C 的鞋子，搔他的腳板底，看他能否忍得住。

這時候，坐在姜 C 旁邊的胡凱兒沒好氣地說：「夏桑菊，你別再欺負同學，你看看他已經為你哭了。」

夏桑菊瞧姜 C 一眼，只見兩行眼淚正從他眼中滑下來，簡直像那個

涙流成河的 emoji，嚇得他即時縮手，不再瘋狂搔癢他了。

「我有沒有傷害了你哦？」

姜 C 這才笑了出來，一邊抹走眼淚一邊說：「沒有，我這叫喜極而泣！你終於知道我是個忍笑的高手了！」

夏桑菊真心佩服說：「高手在民間！在我心中，你簡直是個忍者！」

「對了，小菊，你打算表演甚麼？」

「我嗎？我不打算參加。」

「為甚麼呢？這是你展露才藝的好機會啊！」

「我可沒甚麼才藝的啊。」

「不會啦！俗語說：『天生我材必有用！』即使你是個蠢材，仍是有點用處！」姜C興致勃勃地提議：「你可以表演『心口碎大石』！」

「我還想多活兩年，孝順父母。」夏桑菊推辭了：「何況，我也不是個喜歡當眾表演的人。」

胡凱兒附和：「我同意小菊的話，我也不會參賽。」

姜C轉向讀着一本厚厚的魔幻故事的黃予思：「乳豬，你會參加嗎？」

黃予思對一眾同學的雀躍，顯得有點愛理不理。她這才抬起眼，隨口應了一句：

12

「我沒有表演天份。」

姜C **雙膝跪地**，用手抱着頭，心碎地說：「為甚麼我的朋友，每一個都是 **傻蛋**！為甚麼？為甚麼？」

夏桑菊、黃予思和胡凱兒相視一眼，一同會心微笑起來，樂做姜C口中的「**傻蛋朋友**」。

就這樣，全班三十名同學，有廿七個也決定參賽。大家摩拳擦掌，準備施展 **渾身解數**，希望成為在週會中為全校同學表演的幸運兒。

第2章
嫲孫的感情

午息時分，班主任安老師請班長去校務處，領取要派發給同學的通告。

男班長夏桑菊和女班長蔣秋彥一同捧着厚厚的通告步回課室，這已是本星期的第三趟了。通告好像永遠拿不完、派不盡似的。

夏桑菊不禁抱怨：「我真不明白，學校為何不發電郵通告？不用替地球製造那麼多廢紙啊！」

　　並肩走着的蔣秋彥說：「其實，很多通告已轉為電郵了，但有部份通告需要家長簽名，才會不得不派發吧。」

　　夏桑菊想想也對。雖然，現在也有電子簽名，但安全成疑。舉個例子：世上最聰明的姜C，會在電子通告中畫一隻龜，滿以為可以就此瞞天過海，可當作是他爸爸的家長簽名了。

　　蔣秋彥又說：「況且，學校通告多數也是單面印刷，另一邊空白頁，可作寫筆記等用途，最後可拿到廢紙再造箱，那就不至於浪費了。」

　　夏桑菊不得不佩服：「你可以做環保大使了！」

　　蔣秋彥笑了，「要是真有這個職務，我也很樂意去做啊。」

　　回到課室，兩人將沉甸甸的通告放到教師桌上，夏桑菊一看黑板旁的值日生編號，喊了運動健將曾威峯出來派通告。

　　夏桑菊正想返回座位休息一下，卻見蔣秋彥也幫曾威峯一同派發通告，他小聲

提醒她：「這是值日生的工作，班長不用負責的啊。」

蔣秋彥笑盈盈地說：「只是舉手之勞罷了。」夏桑菊被她的熱心感染，只好參上一腳，三人很快把工作合力完成了。

每天放學後，蔣秋彥也有課餘活動：週一、五要到補習社；週三要學鋼琴；週二、四學芭蕾舞；所以，她每天總會拖着疲累的身軀回家。

雖然如此，她仍是慶幸家住西環堅尼地城，與學校的距離只有十多分鐘的步程，補習社和芭蕾舞教室也在附近，讓她不用耗太多時間在交通上。

　　當她步回家的途中，路過一家茶餐廳門前，巧遇了祖母。白髮斑斑的祖母正幫店家派發免費飯盒給長者，排隊的全是老公公老婆婆，各人拿到熱騰騰的飯盒，皆露出了快樂的神情。

　　蔣秋彥待祖母派飯完畢，才走過去跟她打招呼。祖母笑着問：「小彥子，你去完補習了？」

　　「今天星期三，我不是補習，去了學鋼琴。」她的課後活動排得密麻麻，祖母一時搞錯了也非奇事。她說：「嫲嫲，我學懂了一首旋律優美的新曲，回家後彈給你聽。」

祖母笑瞇瞇的説：「好啊，嫲嫲可以成為你第一個聽眾，實在太高興了。」

蔣秋彥把一個高興的消息告訴她：「我準備參加學校舉行的才藝表演，表演彈鋼琴。」

「嫲嫲全力支持你。」祖母支持着説：「你彈奏的曲子，一向也優美動聽，大家必定會欣賞。」

　　蔣秋彥聽祖母這樣說，忍不住向她吐一下苦水：「其實，我也想表演**芭蕾舞**，但總記不好舞步，只怕在台上出醜。所以，彈鋼琴比較安全。因為，我可以一直看着琴譜，減少出錯機會啊！」

　　祖母用原來如此的神情看着孫女，她搖了搖頭，溫和地安慰：「表演甚麼並不重要，最重要的是，你可以**享受表演**的過程啊。」

　　蔣秋彥點頭微笑道：「跳舞和彈琴，兩件事也令我很快樂。」

　　路過一間義助貧窮人家的店舖，兩婆孫一如平日的走進去逛逛。這店子售賣二

手貨物，其所得收益會用來捐助貧苦大眾。蔣秋彥家裏有很多文具和書籍，都是在這裏尋寶得來。

二人又結伴去街市買餸，沿途一直有菜販和老街坊跟祖母打招呼，祖母總是笑臉盈盈的回應，跟大家親切地閒聊。

祖母慈祥又熱心，所有人也敬愛，而蔣秋彥跟她的感情也很要好。由於父親長年也要往返內地工作，母親是一家酒樓的女部長，天天也要待晚市後才回家。所以，蔣秋彥在家中最常見到的，就只有祖母了。

蔣秋彥幫祖母拿着兩個裝滿了餸菜的環保袋回家，祖母開始煮飯，蔣秋彥會勤

奮的做好家課。飯後，蔣秋彥負責洗碗，讓祖母**舒舒服服**觀看她深愛的電視八點檔處境喜劇。

　　這一個晚上，蔣秋彥為了鋼琴表演做足準備，反覆練上很多遍。她跟祖母約定了，先在她面前表演一次，希望祖母給她一點意見。

　　趁着劇集播放完畢，她從自己的睡房捧出那部輕巧的粉紅色**手提電子琴**，搬到客廳的飯桌上，對祖母揚聲道：「嫲嫲，你來聽一下，看看我可有改善的地方？」

　　可是，坐在沙發上看着電視機、正背

着她的祖母，卻好像**充耳不聞**。蔣秋彥知道自己一向有説話太小聲的毛病，她只好繞過了沙發，跟靜靜看着電視廣告的祖母説：「我準備好了，可以**開始演奏**啦。」

祖母把視線轉向蔣秋彥，對她笑了一下説：「嗯，小妹妹，你在叫我嗎？」那

個笑容卻充滿陌生，一點也不像平時的親和。

　　蔣秋彥愣了好半晌，疑惑地說：「嫲嫲，我是小彥子啊，你沒事吧？」

　　祖母的神情顯得有點**牽強**，雙眼惘然地問：「你好！我好像是第一次跟你見面⋯⋯我倆是認識的嗎？」

　　蔣秋彥嚇得**雙腳發軟**，她跌坐在沙發上，用冰冷的手捉起祖母溫暖的雙手，慌張失措地說：「嫲嫲，你別嚇我，我是小彥子！你的孫女啊！」

　　祖母給她猛搖晃着兩手，顯得一陣抗拒，用防衛的眼神看着面前這個小女孩，

眼神**半信半疑**的，彷彿懷疑這是個「我是你親人，你應該給我錢」的大騙局。

就在這時候，一陣拉開鐵閘的聲音響起，蔣秋彥知道母親回來，她恍如找到救星，即時跑到門口，向母親求救。

　　母親從女兒口中得悉發生何事，卻沒有表現出意外，她只是板起了臉孔，看了呆坐着的祖母一眼，着女兒先回房間，由她來處理。

　　蔣秋彥心亂如麻，但也知自己幫不上忙，只好返回房間，坐在床邊，感覺到自己渾身發抖。

　　十分鐘後，母親敲門進來，告訴她一個壞消息：「嫲嫲應該患上失智症了。」

　　「失智症？」

　　蔣秋彥知道是怎麼一回事了。

　　上個月的一次學校週會，課外活動組的老師邀請了一位醫生講解有關「老人失

智症」的病況，並叮囑同學們要多留意和
照料家裏的長者。滿以為只是長了知識，
沒想到祖母竟真的得了這個病，她一時無
法接受。

　　母親心痛地說：「我在兩星期前已發現，
嫲嫲忘掉事情的頻率多了，今天的病情更明
顯轉壞，她連自己的家人也忘記了。」

　　「我們快點帶嫲嫲看醫生啊。」

　　「幾天後，你的父親會回到香港，我
再跟他從長計議。」

　　蔣秋彥也明白母親同樣手足無措，她
點了點頭。

　　母親無奈地說：「現在，我們只好盡

量順應着嫲嫲，把她當作小孩子去哄。」

蔣秋彥隨着母親走出客廳，她深深吸一口氣，準備面對這個「陌生人」，卻沒想到，面向着電視的祖母，霍地轉過頭來，跟蔣秋彥說：「小彥子，你不是說要彈琴給我聽的嗎？我等着你表演啦！」

蔣秋彥雙眼一熱，看到祖母那張祥和的臉，聽着她溫煦熟悉的聲音，她知道祖母「回來了」。

跟母親面面相覷，母親向她點一下頭。她就對剛才的事隻字不提，堆起笑容的說：「對啊，我馬上開始表演！嫲嫲，你要專心聆聽哦！」

第**3**章

誰可成為班際代表?

才藝表演初選日,小三戊班非常熱鬧。夏桑菊回到課室,還以為自己走進了馬戲團!

同學們都帶着自己的「武器」作最後練習。有人丟沙包、有人在花式跳繩、有人玩劍球、又有人表演倒立、也有人面向着牆壁在唸自己的作文(情況詭異,幸好他在大白天見到,否則會以為活見鬼,「反斗群英」

變作「顫抖群英」），大家都勤奮不已，爭取好表現。

　　可惜的是，沒有人表演空中飛人、縮骨功，或含着一泡火酒向半空噴火，否則，夏桑菊真會考慮收入場費，讓觀眾們飽覽奇人奇技。

　　路過同座的姜C和胡凱兒之際，夏桑菊見到姜C不斷用一把鐵尺打自己的手板，打得啪啪作響，臉上流露出一種好像便秘了三天的忍痛表情。他的鄰居胡凱兒卻是一臉沒好氣，低着頭看平板電腦內的卡通片，好像不想理睬這個聰明人。

　　夏桑菊可不能對朋友見死不救，

他問痛得雙眼翻白的姜C：「你因何事看不開啊？」

姜C欲哭無淚地說：「為了表演忍笑，我必須培養出一種悲痛欲絕、家散人亡的情緒，將自己置身於人間地獄的境界！」

夏桑菊說：「每天清晨七時半要起床上學，已經是人間地獄啦！」

胡凱兒抬起眼，瞅了夏桑菊一眼說：「七時半還要埋怨嗎？我每個早上六時半就要起床了。」

夏桑菊非常內疚，即時收聲。

快到表演時間，姜C捉了夏桑菊做白

老鼠：「小菊，快來考驗我！看看我的忍笑功夫，是不是天下無敵！」

　　夏桑菊瞧見紮起馬步、氣聚丹田，就像練了金鐘罩的姜 C，心知搔癢對他已無效，要把他抬起來搔腳板又是高難度動作，他揮一下手放棄着說：「算了，我攻不破你的金鐘罩呀！」

　　這時候，剛回到課室的方圓圓，路過堅挺地紮馬，好像武林高手的姜C的時候，忍不住讚賞了一句：「**姜C你好帥哦！**」

　　沒想到，本來一張便秘面的姜C，一張臉孔突然憋着甚麼的漲紅了，然後，終於忍俊不禁地爆笑起來。

　　夏桑菊**難以置信**：「原來，這是你忍不到笑的死穴嗎？」

　　姜C着急起來，大聲地說：「你千萬別把我聽到別人說我是**帥哥**就會偷笑的事，偷偷告訴大家啊！」

　　本來，根本沒留意的同學，都聽到姜

C不攻自破的話了，大家把頭轉向他，異口同聲地說：「知道了！」

　　姜C驚嚇得把十隻手指都放進口中，馬步一個紮不穩，倒在地上去了。

　　選拔賽在午息時間進行，安老師進來課室，開始選拔出班際代表，同學們開始各自三分鐘的表演。

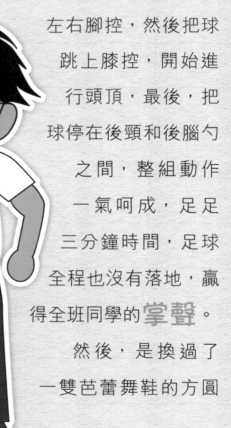

首先登場的是曾威峯，他表演了「連續控球」。只見他先把那個橙色的足球用左右腳控，然後把球跳上膝控，開始進行頭頂，最後，把球停在後頸和後腦勺之間，整組動作一氣呵成，足足三分鐘時間，足球全程也沒有落地，贏得全班同學的**掌聲**。

然後，是換過了一雙芭蕾舞鞋的方圓

圓，演出《天鵝湖》的一小段。

　　方圓圓曉得芭蕾舞的事，大部份同學也不知曉，對身形胖胖的她的舞藝大感意外，姜C嚇壞了的說：「白天鵝為何會變了**肥燒鵝**？」

　　坐在他身邊的胡凱兒看不過眼，瞪着他說：「你的嘴巴真不乾淨啊！」

　　「是的，你怎知道的？我剛才吃早餐忘了抹嘴啊！」姜C問：「我的嘴角黏上了粟米片嗎？」

　　姜C用靈巧的舌頭舔舔嘴巴四周，好像用圓規畫一個圓形，可惜甚麼也舔不到。

　　這時候，隨着音樂一起，換過了舞鞋的方圓圓踮起雙腳，只是以腳尖觸地，就在原地轉了三圈，形態之優美，讓眾人看呆了。

　　然後，高材生呂優表演「快速心算」，在三分鐘內準確算出了十多條同學隨便提出的加減乘除數學題，讓大家嘩然。

　　輪到孔龍，他表演了「一舉成名」（孔龍自己取的表演名稱），除了用一隻手掌便把教師桌抬起來，他更提議要把坐在一邊看表演的安老師連椅子一同舉起，

嚇得安老師連連**擺手拒絕**。

　　最大陣仗的是 KOL 的表演，她拿了家裏做 Youtube 直播的光燈，在所有同學面前，手拿着手機即席做了一場三分鐘的直播。只見她向 Youtube 裏的觀眾販售一枝「美少女戰士」的唇膏，並聲明只有九十秒鐘的超級快閃

半價優惠。

　　待三分鐘過後，她便向觀眾説拜拜下線了。然後，向全班展示了手機留言區內一共二百多個預購的吸金佳績，這可不能造假了吧！

　　雖然，瞧見 KOL 一副炫耀的神情，但同學們總算見識了網上直播原來是這麼一回事，大家都長了見識，也都衷心拍起掌來，對她表示讚賞。

　　　輪到萬眾期待的姜 C 出場了！

　　　姜 C 走到黑板前，用舌頭舔了一下上唇，傻呼呼地説：

「各位同學，我今次要表演忍笑神功！歡迎大家引我笑！大家可以搔癢我，用鉛筆刺痛我，甚至狠狠地捧我……只不過，千萬別打臉，因為，在未來的二十至五十年內，我也是靠這張臉孔吃飯的哦！」

安老師在一旁，一直笑個不停。

姜 C 用雙手叉着腰，用一雙電眼射向安老師：「老師，我可是很嚴肅的，你別笑！」

「對不起，我還以為你在表演『楝篤笑』，原來你真的準備忍笑的嗎？……請你開始表演。」

各同學剛從姜 C 口中接獲通知，只要

嚷：「姜C你好帥！」這個蠢蛋就會笑起來，各人也**蠢蠢欲動**，準備好好整他一番。

沒料到，姜C（自作）聰明地說：「大家大可把我當作芝麻湯圓，對我**搓圓撳扁**的啊！但是，唯一的條件，

44

就是不可以開口說話引我笑！嘿嘿嘿，現在開始吧！」

　　然後，他紮起馬步，準備承受各人的……衝擊。

　　眾同學給「截糊」，當然馬上想辦法應付「開不了口」的難題。個性狡猾陰險的曾威峯，馬上想到了方法。

　　他在一張白紙寫了甚麼，舉起紙向眾同學展示，就是不讓黑板前的姜C看見，全班同學皆點頭同意了。

　　然後，曾威峯無聲地舉起食指，再舉起了V字手勢，當他舉起三隻手指，全班同學突然把兩手放在頭頂上，一齊向姜C

作了個心形。

好！有！愛！

　　姜 C 乍見這一幅「愛海」，一張本來酸梅乾似的嚴肅臉，好像便秘五天後終於「成功排洪」，他撲哧一聲的，發出打從心底裏綻出的笑容，被眾人的心心攻勢攻陷了！

　　功虧一簣的他，馬步一個不穩，又倒在地上去了。

　　安老師笑彎了腰，笑到嘴角不小心失控滴出了口水，她連忙胡亂抹去了。

其他廿多個同學輪流表演過後，最後，輪到女班長蔣秋彥登場。

只見蔣秋彥靜默地拿出她那個輕巧的粉紅色電子琴，將琴譜在譜架上擺好。她並不像平日般的笑容滿滿，眾同學也以為她在培養情緒，只有她在班中最好的朋友方圓圓才知道，秋彥為了祖母的病，今天心事重重。

蔣秋彥木着臉彈出一曲《天空之城》，由手指尖按下琴鍵的第一個音符開始，恍如有魔力似的，眾人被她優美而帶着憂愁

的演奏吸引住了。大家 **屏息靜氣** 的靜聽，直至一曲作罷，同學們都被 **悽婉動人** 的琴音感動了，拍掌聲響遍課室，歷久不散。

最後，經由全班同學一人一票公平投票，蔣秋彥得到最多票數，以大熱姿態勝出，可說是 **眾望所歸**。她向大家點頭表示謝意，但就是 **笑容欠奉**。

第4章
可怕的轉變

　　午息時分，方圓圓跟蔣秋彥坐在一起用膳，蔣秋彥拿到了飯盒，直接把一半撥給了方圓圓。

　　可是，就算只剩下半個飯盒，她吃幾口已吃不下去，全無食慾。方圓圓得知好友的祖母發生的事，就連一向饞嘴的她，

也是吃不知味。

　　蔣秋彥小聲地說：「我爸爸明天會從內地工作回來，我真害怕他得知發生在嫲嫲身上的事，會作出最壞的安排。」

　　「最壞的安排？」方圓圓問。

　　蔣秋彥憂愁地說：「爸爸媽媽要出外工作，我也要上學，每天也得把嫲嫲獨自留在家中。要是覺得她沒有能力繼續獨力照料自己，爸爸或會安排她到安老院居住。」

　　方圓圓聽得心痛，但她明白很多事情也是逼不得已。甚麼也幫不上的她，只能用力搭着蔣秋彥冷冰冰的手背，希望

能夠給予好友多一點支持。

　　傍晚時分，蔣秋彥補習後回到家裏，一打開木門，有一陣燒焦的味道撲鼻而來，她*心知不妙*。

　　急忙衝入廚房，只見石油氣爐上開着火的水煲，煲裏也沒有噴出任何水蒸氣，可見煲裏的水已蒸乾，它正悶燒着，鐵煲底已燒得焦黑一片。

　　蔣秋彥連忙關火，把窗子開到最大，驅

散一室的焦味。她找了全屋，發現祖母並不在家中，她的心怦怦亂跳，恐怖感遍佈全身。她腦中一片空白，不知下一步該怎樣做。

當她正要致電給母親，有人打開門，是手執着兩個裝滿了的環保袋的祖母，看來她是剛出去買菜了。她也嗅到了焦燶味，走進廚房一看，驚叫了起來。

「小彥子，你為何要自己燒水，更把水蒸乾了？用火的東西都很危險，以後由嫲嫲來做，知道嗎？」

蔣秋彥張大嘴巴卻無言以對，只能勉強地應道：「知道了。」

她明白了，祖母該是開了爐燒水，然後又完全忘掉了這事，就走出街去購物了。

　　讓蔣秋彥心寒的是，要是她剛才沒來得及回家，這一把火真有可能把整個家燒光。

　　這是首次的，她深深感受到祖母的病，竟會帶來如此可怕的威脅。

　　這個晚上，蔣秋彥在床上**輾轉反側**，不知是否一整天也沒心情吃東西，她覺得肚子餓壞了，一直睡不着。

　　終於，她跳下床，戴起了近視眼鏡，看到時間已接近十二時了。她記得廚房的櫥櫃內放了幾個杯麵，想熱一個來**充飢**。

打開睡房門，卻見客廳光明大放，祖母居然在看電視。

平日，祖母和母親大約在十時多便會關燈睡覺，所以，她害怕這種反常。

不敢確定，這個背對着自己而坐的，

是不是仍舊是她熟悉的祖母？還是一個會把她視作陌生人、對她小心提防的老婆婆？

　　她害怕對自己的身份有口難辯，也害怕突然出現會驚動祖母，所以，趁未被發現，她決定無聲退回睡房去。

　　不料她轉身時，卻踢到地上的門塞，它撞到牆身發出一下響聲來，祖母聞聲轉過頭發現了她，喊了一聲小彥子。

　　蔣秋彥頓時放心下來，對祖母笑問：「嫲嫲，你這麼晚還未睡啊？」

　　「電視台正重播一套經典舊劇集，我年輕時很喜歡，現在又忍不住追看了。」

「你不用**通宵追看**，電視台的節目，在網上隨時可選看的啊。」

「我很多年沒有想追看的劇集了，這種機會太難得啦。」祖母問：「對啊，你明早還要上學，為何忽然起床了？」

這時候，蔣秋彥的肚子**咕嚕咕嚕**作響，她按着肚子笑了，「就是這個原因，我餓得睡不着，想吃個杯麵。」

祖母笑瞇瞇的説：「我給你煮個米線。」

蔣秋彥最愛吃米線，她驚喜地説：「謝謝嫲嫲！」

不用十分鐘，祖母從廚房捧出兩碗米

線。讓蔣秋彥驚喜的是，內有雞肉、牛肉和菜心，配上史雲生清雞湯，用料豐富，**香氣四溢**。

　　祖母向她單單眼說：「聞到香味，我自己也餓了起來，便煮了兩碗。」

　　蔣秋彥**嘻嘻笑**，祖母真是個**老頑童**。

就這樣，兩嫲孫就這樣捧着大碗，一同吃着熱乎乎的米線。

祖母滿臉懷念地説：「我記得，我和爺爺一同追看這套劇的時候，無論發生甚麼事，每晚劇集播放前，一定會坐定在電視機前。試過有一天他工作晚了回來，錯過了十分鐘，生氣了一整個晚上。」

爺爺早逝，蔣秋彥自出生後從未見過他，只看過他的舊照片而已。

蔣秋彥聽到爺爺的趣事，她微笑着問：「爺爺最喜歡哪個角色啊？」

祖母説：「不就是那個不懂武功、

反斗搞笑闖蕩江湖的男主角！你爺爺經常說，那個男主角真像他，我叫他不如問電視台拿回肖像權啦！」

蔣秋彥給祖母的話嗆到了，猛地咳嗽起來，祖母輕輕拍着她的背，兩人笑成了一團。她知道祖父祖母都是開朗可愛的老頑童，兩人真是絕配。

觀看着那套說不出一個演員名字來的古裝武俠劇，但蔣秋彥的心一直非常和暖。

雖然，她知道一切很快有變，但她只想把所有苦惱暫時拋在腦後，盡力珍惜與祖母相處的每一分每一秒而已。

第5章
好脾氣的原因

　　這一天，輪到呂優做值日生，但直至上課的鐘聲快要響起，呂優仍未回來。

　　雖然，呂優貴為班中第一**高材生**，但他的身體一向非常**孱弱**，老是傷風感冒的，一兩個星期總會請一次病假，體質叫人擔憂。

　　身為男班長的夏桑菊，眼看黑板上畫滿了同學們的各種**塗鴉**，還有姜C畫的馬校長的馬臉（根據姜C的說法，他只是

「忠於現實」），夏桑菊知道如給班主任看見，就**有礙觀瞻**了。

他看看教師桌前的座位表，對KOL說：「KOL，今天本來由呂優擔任值日生，但他該缺席了，你是他的下一個座號。你倆對調一下，今天由你做值日生吧。請你出來把黑板擦一下。」

KOL正寫着一份即將在晚上播放的Youtube講稿，她抬起眼，用**愛理不理**的眼光看夏桑菊一眼，半開玩笑半威脅的

問：「男班長，不如我代替呂優擦黑板，你替代我做 Youtube 直播好不好？」

夏桑菊也不知 KOL 説真説假，但他自問沒有做 Youtuber 的資格，只能嚇得閉上了嘴巴。

沒想到，在一旁聽着的曾威峯，卻不忘幸災樂禍：「小菊，你貴為班長，不是應該幫助請病假的同學嗎？嗯，不只這樣，你更應該替他抄筆記，和錄下上課時的情況，別讓他的名次跌幾名，他可是

62

我們三戊班之寶啊！」

夏桑菊聽到這些**挖苦**話，忍不住向曾威峯開火：「説起來，你當值日生那天，我也有幫過你，但我連一句謝謝也聽不到！」

曾威峯記得那天，兩個班長突然出手幫忙派發通告，根本就是**多此一舉**吧。他**趾高氣揚**地道：「説起來，我那天可不用誰來幫忙，只是你們兩個班長急着要插手吧？你們很想得到『**最佳服務獎**』吧？」

夏桑菊生氣得頭皮也快冒出煙來，這時候，一直坐在位子聽着二人鬥嘴的蔣秋

彥，卻安靜的走了出來，拿起粉刷就擦起黑板來。

夏桑菊走到蔣秋彥身邊，瞪眼的問：「小彥子，你在做甚麼？」

她保持微笑說：「沒關係，就當作我跟呂優調換了日子，今天由我充當值日生就好了。」

「但是，你兩天前才當過值日生啊！」

蔣秋彥側過頭向他，語氣始終很緩和：「總得找個人來清理黑板，不能阻礙老師授課啊。」

夏桑菊一下子不懂反應。

明知蔣秋彥只是息事寧人，但他

就是**深感不忿**。不知怎的，心裏那股怒氣，由曾威峯遷怒到蔣秋彥身上去了。

夏桑菊受不了她的說：「沒問題，你喜歡怎樣就怎樣吧！」

然後，他把雙手插進褲袋內，木着臉的回到自己在課室最後方的座位，重重跌坐下來。

剛調換了座位，成了夏桑菊鄰居的孔龍，正翻着一本日本漫畫，他看看夏桑菊的臉，驚訝地說：「你這一張臉，比起漫畫中被食人鬼殺了全家的男主角的臉更憤怒啊！」

他悶悶地說：「因為，做好人真的太

難了!」

「聽起來,你好像被誰欺負了!」孔武有力的孔龍啪了一下手指,催谷起上臂結實的大老鼠,**蓄勢待發**的說:「告訴我,誰欺負你,我義務替你欺負他!」

夏桑菊看看用粉刷把馬校長的馬臉擦到一半的蔣秋彥,只覺難以啟齒。他不禁在想,相對於蔣秋彥的大人有大量,自己

身為男生，到底是否太小器了？

　　於是，在呂優缺席、無人願意幫忙的一整天裏，本來已經要執行班長職務，維持班中秩序的夏桑菊，更要兼任值日生的職務，這包括負責課室、教師桌椅、每節上課備妥粉筆、下課擦黑板、保持走廊的整潔工作。上室外課時關上課室電燈、門窗、鎖門等雜務，忙得**七孔生煙**。

　　當然，蔣秋彥也落力幫他的忙，替他分擔了一半，否則他一定錯漏百出。

　　午息前的一課，全班同學移師到視聽室上課，課到一半，一個叫學生們**聞風喪膽**的大人物出現了。

是今年剛由群英中學轉過來群英小學，新上任的訓導主任**西門崔雪**。

光頭肥胖的西門崔雪叩了叩視聽室的門，授課中的羅老師即時停下，只見他走過去，聽西門崔雪說了甚麼，不住點頭，態度**畢恭畢敬**的。然後，他轉向課室揚聲：「今天當值日生的同學，出來一下！」

夏桑菊怔了

半晌，給嚇得臉色發白，只好硬着頭皮走出去。

據説，開學才第三個月，西門崔雪已勒令一個犯事的高年級學生停學、另一個被趕出校。人們都説「新官上任三把火」，夏桑菊不禁在想，他會不會成為第三個「出事」的學生。

首次跟西門崔雪相隔那麼近，他感到一種恐怖的壓迫力襲來，不知下一秒鐘會發生何事。

就在傍徨無助的一刻，一個想也沒想過的人站到夏桑菊身邊去，跟他並肩站在一起，是蔣秋彥。

她開口說：「當值生今天沒上課，由我們兩個班長代勞。」

西門崔雪向二人揚揚眉說：「你們兩個，跟我來。」

然後，他轉身就走，夏桑菊和蔣秋彥互視一眼，只好靜靜地尾隨。夏桑菊路過每一個課室的門口，皆覺得裏面的學生用「你已經死了」的眼神盯他，他也覺得自己凶多吉少。

西門崔雪領二人到了三戊班課室內，向

靠近壁報板旁打開了一小道縫的玻璃窗抬了抬下巴，用質問的語氣說：「是誰負責關窗的工作？」

「由我來負責。」夏桑菊搶着回答：「剛才走出課室時，我已關上所有窗，但有可能鎖不牢，所以……」

西門崔雪打斷他的話：「我只是問誰負責關窗，沒有要你解釋。」

夏桑菊好像給摑了一巴掌，只得住口。

「換作是值日生，我會記他一個缺點。」西門崔雪對夏桑菊說：「只不過，你的身份是班長，犯上這些低級錯誤，必須罪加一等。所以，除了要記一個缺點，

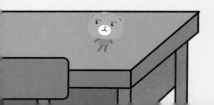

你今天更要在午息時罰站。」

　　夏桑菊**木無表情**的接受處分，在旁的蔣秋彥忽然開口：「訓導主任，我倆共同負責今天的工作，如果男班長受罰，我也該一起受罰。」

　　夏桑菊壓低了聲音，急急對她説：「這不關你的事，是我最後離開課室的啊。」

　　她堅持説：「沒有小心檢查一下，我也有疏忽。」

　　「既然如此，你們得到同一樣的處分。」話畢，西門崔雪就離開了，留下了**面面相覷**的二人。

72

第 6 章
惡毒反派 139

午息時分，群英小學校務處門前出現兩個班長罰站的奇景。

讀小三甲班的 139 路過，趁走廊沒有老師和學生，忽然從褲袋內掏出手機，趕快朝着兩人拍了一張。

已生氣老半天的夏桑菊，覺得給奚落了，氣憤地問：「喂，139，你在做甚麼？」

「難道，你見到奇景異象，不會馬上

拍下來嗎？兩個班長罰站，真是難得一見的奇景啊！」

　　139 是小三甲班的男班長，小一時跟夏桑菊與蔣秋彥同班，當時全班同學的身高平均有 125cm，他卻以 139cm 的身高而鶴立雞群，所以得到了 139 的綽號。老實說，夏桑菊對 139 這個人素無好感，只因他毒舌之毒，真的無出其右。

　　夏桑菊反擊說：「學校嚴禁使用手機，你帶手機回校，不怕我會舉報嗎？」

　　「你也自身難保了啊，還要舉報同學嗎？」139 把手機放回褲袋裏，輕鬆地笑說：「何況，在學校內用手機的不止我一

個，在你舉報之下，恐怕有很多同學會受

罪。要是他們知道你就是告密的源頭，請

問你承擔得起嗎？」

夏桑菊無言以對。

蔣秋彥也開口

了，用規勸的語氣

對 139 說：「校方

規定學生罰站的時

候，其他同學不可

跟他們談話，除非

你也想一同受罰，

否則你該離開了。」

139 揚 了 一 道

眉，「也對，小菊，你人生第一次當上班長，要向小彥子好好學習，因為，對一個品學兼不優的人來說，當班長很不容易的啊！」

139 離去後，夏桑菊悶悶地說：「這個人真是人見人憎，你對他也太好了吧！」

蔣秋彥撥了撥長髮的鬢，「我對他已經很不客氣了。」

「你的不客氣，也很客氣啊！」

蔣秋彥只是笑笑，夏桑菊嘆了口氣，歉意地說：「對不起，我已連累了你記缺點和罰站，連午飯也沒得

吃，我居然還想生事啊！」

「我從未試過罰站，這個經驗很新鮮啊。」她淘氣一笑。

夏桑菊側着頭看看蔣秋彥，只覺得這個女生好人到匪夷所思，他忍不住問：「我再也受不了……可以請教你一件事嗎？」

「説甚麼請教呢，你問啊。」

「為甚麼有些同學對你這樣壞，有些同學更是忘恩負義，你仍會對他們那麼好？」

是的，升上小三後，夏桑菊覺得周遭的一切也有點不妥。是不是他長大了，已經可以自己主宰一些事了，譬如不乘搭校

車自行回校，又譬如可自選每月的學校午飯餐單，所以才渴望爭取更多？但也由於有了選擇權，他凡事也變得**挑剔**，更會嫌棄一些人一些事？

蔣秋彥好像從未想過這個「你為甚麼對別人那麼好」的問題，她想了幾秒鐘才想到甚麼，用很輕柔的聲線說道：「這是我人生裏的一個小小的**秘密**。」

夏桑菊呆了呆，他滿以為蔣秋彥是蒸餾水，半點雜質也沒有。他**難以置信**地問：「咦？真的嗎？我以為你沒有秘密。」

「不會，每個人都有秘密的啊。」蔣秋彥掀出了一個憂愁的笑容來，說：「我

的秘密就是……」

夏桑菊受寵若驚，卻急急打斷她的話：「其實，你不一定要告訴我。」

雖然，他也真的很想知道。但他還是明白，擁有秘密的人，不願給別人篤破。

「我不介意告訴其他人，況且，這也是個公開的秘密了。」蔣秋彥說了下去：「我媽媽告訴我，我是個早產嬰。」

夏桑菊靜靜聽她說下去。

「正常的嬰兒，約在 37 至 40 週出世。可是，由於醫生替我媽媽檢測時，測出我心臟衰竭，所以，在廿九週，我就被緊急剖腹出生了。由於早產令我體重過輕，也

經歷了心肺等健康障礙，接受了多次手術。病況最壞的時候，醫生甚至希望我爸媽作出抉擇，要不要讓我變成小天使。」

　　蔣秋彥的話完全出乎了夏桑菊的意料外，他有一刻迷惘甚麼是「變成小天使」，但他很快想通那就是「放棄治療」，他聽得心裏駭然，雙腿發軟，半句話也說不出來。

　　「後來，我這個女嬰危在旦夕的事，給記者報道出來了，很多認識和不認識的朋友們、網民們都給我帶來

祝福和支持，我一定是得到了所有人共同給予我的強大念力，才渡過了人生中最艱苦的戰役。」

夏桑菊吁口氣，大力點點頭，一定是這樣。

她微笑起來說：「我爸媽說，他們可以把我小時候發生過的事隱瞞着我，但要是這樣，我永遠不會知道遇上過好人。所以，他們覺得我也有權知道。」

夏桑菊大力點點頭，這些在生命中如此重要的事，她的確有權知道。

「所以，你問我，為甚麼要對人那麼好？其實，我的秘密就是，把所有人當作曾

經在嬰兒保溫箱外，替我祝福和打氣的人！」

夏桑菊聽得心頭一陣暖，把她的話接下去：「他們只是不知道，在他們的祝福之下，這個幸運的女嬰已經健康成長了！」

蔣秋彥溫柔地笑，「想到這裏，我甚麼怒氣都沒了。」

夏桑菊嘗試把自己代入她的可怕經歷，一想到自己死裏逃生，人生的每一天都是賺來的，也就甚麼怒氣也沒了。

「是的，真的怒氣全消。」他積累在心頭的許多忿恨，也好像即時減半。

這時，西門崔雪從走廊一端走過來，兩人馬上停止說話。西門崔雪告訴他

們處罰提早完畢了，着兩人離開。

　　午息時間只剩下十分鐘而已，兩人返回課室，夏桑菊又準備趕快做值日生負責的工作，沒想到一走進課室，卻見黑板已抹得乾乾淨淨、垃圾桶也已清理、書桌和書桌之間的走廊沒任何垃圾紙屑和擦紙膠碎屑、一室光潔，讓他一陣驚訝。

　　仍讀着那本厚厚小說的黃予思，這時向夏桑菊開口：「小菊，我不知道你是否罰站到下午課開始才回來，已幫你做好了值日生的職務了。」

　　夏桑菊一陣感動，「乳豬，你對我真好！」

「沒甚麼，當作飯後運動了吧。」黃予思說得**輕描淡寫**。

姜C搶着說：「小菊，你也該誇獎我一下！」

「BB，你先告訴我，你有甚麼值得誇獎的？」夏桑菊問。

「我把你的飯盒吃光了，不至於浪費食物啊。」

「是這樣啊？」

84

「不止這樣，我連小彥子的飯盒也吃光了。」

蔣秋彥失笑，毫不介意的說：「我們罰站可沒時間吃飯了。你做得很對。多謝你支持環保啦。」

姜C得到讚頌很高興，他神氣地說：「別客氣，我的綽號是『食物焚化機C』！」

夏桑菊沒好氣翻白眼，「這位機C，你一連吃兩個飯盒，為何不去參加大胃王比賽呢？」

「不止一個人向我提出這種要求，而我也確實好好想過了，要是本身條件太好

的我，在比賽中得到冠軍怎辦好？俗語説：
『無心插柳柳成蔭，得饒人處且饒人』，
我實在不願意把自己的快樂建立在人家的
痛苦之上！」盤坐着的姜C，佛心地説。

　　夏桑菊見到姜C頭頂上恍如出現
光環，捨己為人的他，大可馬上
upgrade 至天神！

　　這時，黃予思從書桌抽屜內取出一個環保膠盒，她遞向夏桑菊：「爸爸給我做了三文治，帶回學校吃不完，快吃吧。」她又轉向蔣秋彥，邀她一塊兒：「小彥子，你也要吃，別餓壞。」

　　夏桑菊感激接過，盒內有切成四大件的公司三文治，距離打上堂鐘只剩下短短幾分鐘，最適宜速吃這個。他和蔣秋彥即時嚼起來，蔣秋彥半掩嘴巴驚訝地說：「乳豬，你爸爸做的三文治太好吃了！」

　　「我爸爸在旺角開茶餐廳，公司三文治是鎮店之寶。」黃予思不在意的聳聳肩說：「雖然，我不覺得怎麼樣，但吃

過的人都很滿意。」

　　夏桑菊把兩件餡料豐盛、三層厚的三文治吃完，已飽了一大半。他忽然想到了甚麼，偷偷問黃予思：「乳豬，你給了我們一整盒三文治，那你剛才吃了甚麼？」

　　讀着小說的黃予思頭也不抬的説：「關你甚麼事？」

　　夏桑菊只能苦笑，心頭卻一陣暖。黃予思好像對甚麼也愛理不理不欲張揚，但暗地裏卻為別人着想，她是一個不可多得的好朋友。

第7章

祖母不見了！

　　深夜時分，秋彥的爸爸終於從內地工作回來了，趁着祖母和秋彥睡去，媽媽和他在客廳裏商量着祖母的事。

　　但事實上，秋彥急於知道爸媽會如何「**處置**」祖母，所以，她一直睡不着。當兩人在客廳中傾談，她把睡房門偷偷打開了一道縫，希望偷聽到二人對話。

　　只見父親從母親口中得悉祖母的病情，神情大受打擊，他用雙手掩上了臉，

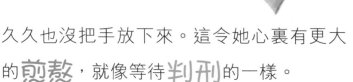

久久也沒把手放下來。這令她心裏有更大的**煎熬**，就像等待**判刑**的一樣。

好像過了一輩子似的，父親終於拉下兩手，便跟母親說了些甚麼，但由於相隔得太遠，她在門縫前真的聽不到內容。

終於，秋彥忍無可忍了，她打開門直走出客廳，她的忽然彈出，讓爸媽同時嚇一跳。

她也在飯桌前坐下，要參與這次家庭會議。她深呼吸一口的問：「爸爸，你打算怎樣對待嫲嫲？」

爸爸和媽媽互視了一眼，爸爸也明白女兒擔憂祖母的心情，並沒有勸退她，反而把她視作大人般，清楚交代：「我打算聘請全職工人，來家裏照顧她。」

「爸爸，你不知道我有多害怕。」

「害怕甚麼？」

「要是你覺得嫲嫲照顧不了自己，有可能會把她送到老人院去。」

父親卻搖搖頭，「不，我不會這樣做。因為，我們是一家人啊！」

「我們是一家人。」她重複了父親的話。

父親用認真的語氣說：「除了一同共

度歡樂的時光，還會在困境中**互相扶持**和**陪伴**，對對方**不離不棄**的，才是一家人。」

秋彥雙眼紅了，醞釀了整整三天的擔心，到這一刻才真正放鬆下來了。

「爸爸，你真好。」

爸爸伸出兩手來，跟媽媽和蔣秋彥手牽着手圍成了一圈，他說：「在未來日子裏，我們三人也

要分擔照料嫲嫲的責任，辛苦你們了！」

　　媽媽和秋彥不約而同地說：「不辛苦！**我們是一家人**！」然後，三人為了彼此之間的默契而笑起來了。

　　沒料到，危機來得比預期更快。

　　翌日早上，秋彥起床準備上學，這天是她參與班際表演的日子，首次在眾人面前表演琴技，令她的心情緊張不已。走出客廳卻見到爸媽急如鍋上蟻，秋彥一問之下，才知道祖母離家了。

　　爸爸致電到管理處，管理員伯伯說一大清早便見到祖母出外了，但祖母卻沒有像平日般跟管理員伯伯**笑盈盈**地打招

呼，顯得**心事重重**的。

　　所以，爸爸知道祖母發病了。她是個待任何人也很友善的人，所以，她不是不想跟老管理員打招呼，而是她根本不記得自己認識對方！

　　更可怕的是，祖母並沒有攜帶銀包、身份證和手機等，沒有人知道她會去哪裏，將會遭遇甚麼事！

　　秋彥嚇得心臟**怦怦亂跳**，這是她人生中第一次意識到，她有可能失去嫲嫲！

　　一大清早，乘巴士回校的途中，打着瞌睡的夏桑菊忽然接到蔣秋彥的來電，讓他嚇一跳。

蔣秋彥告訴了他她祖母失蹤的事，她今天決定不回校，要跟父母親一同尋找祖母，她也請同學們原諒她無法參與演出。

　　「放心吧，只是小事，我會處理！」聽到蔣秋彥語帶哭音，夏桑菊冷靜地説：「你今天唯一要做的事，就是找到嫲嫲！」

　　「知道了。」

　　「祝你順利找回嫲嫲。找到了，要第一時間告訴我啊！」

　　「好的，小菊，謝謝你。」

　　雖然，夏桑菊口裏説得輕鬆，但他一

蔣秋彥
同學仔

返回學校，卻沒有一如往常的走去食物部喝維他奶，反而直衝回三戊班，向課室內的同學們大喊一聲：「**大事不好**！我們要召開緊急會議！」然後，他關上了門，不讓大家進出。

得知蔣秋彥缺席，三戊班的才藝表演懸了空，大家也表現得**不知所措**。夏桑菊根據當日表演時的投票結果，排名第二的是曾威峯，夏桑菊要求他援手。

曾威峯**一口拒絕**，跟大家説：「我沒有帶足球，沒法子啊。」

「學校體育室內有很多足球。」

「真是太抱歉，我指定要自己的私家

足球，學校的足球質素太差了，辦不到。」曾威峯一點也不抱歉地説。

姜C下了一個評語：「橫豎都是一個波，為何分那麼細？」

夏桑菊知道無望，他轉向排行第三的KOL，KOL即時耍手擰頭，「當然不可以，我沒有帶反光鏡等設備，做不到直播的啊！」

姜C下了一個評語：「原來，那是照妖鏡！」

然後，夏桑菊再問了幾個人，但大家也沒攜帶「裝備」，更沒有臨時上陣的心理準備，全部打退堂鼓。

夏桑菊絕望的時候，姜Ｃ跳出黑板前，紮起了一個馬步，向大家宣佈說：「看來，這一次的表演，真是**非我莫屬**了。」

曾威峯嘲笑說：「你又要表演忍笑？放過我們吧！」

「不，忍笑只是我十大奇技的第十項，我還未表演其他九項呢！」

姜Ｃ的第一號粉絲方圓圓有興趣地問：「姜Ｃ，你想表演甚麼？」

「今次，我決定進行一個**驚天地泣鬼神**的表演，那就是——我要表演停止呼吸！」

是的，所有同學都「驚」和

「泣」起來，絕望中的夏桑菊更**絕望**了，他不用表演也可以隨時停止呼吸。

無計可施之下，他只好向全班最有智慧的黃予思求救：「乳豬，小三戊班危在旦夕，你幫幫我們吧！」

這個月一直在看着那本厚厚的小説，差不多讀到尾段的黃予思，聽到夏桑菊的這句話，把小説合上了，向着對她投以寄望眼神的全班同學説：「**給我五分鐘。**」

然後，她端正的坐着，把前臂放書桌上，微微垂着頭，合十雙手也閉起了雙眼，恍如在專注思考，又像祈求甚麼似的。全班

同學也不禁**屏息靜氣**，本來鬧哄哄的課室，頃刻靜下來，連跌一枝針也聽得見。

「為甚麼要五分鐘呢？煮一個杯麵只要三分鐘，為甚麼不是三分鐘呢？」姜C忽然大喊。

孔龍實在忍無可忍，走過去就要揍姜C了。姜C繞着課室的跑，走到呼呼有聲的。夏桑菊、曾威峯和叮蟹也受

不了這個笨蛋，紛紛加入戰團，四個人抓住了姜C的手手腳腳，把他搬出了課室走廊外，姜C殺豬似的大叫：「你們要拿我去祭神嗎？我可以分得兩片白切雞和一個橙嗎？」

　　四人懷着「周處除三害」的愉快心情返回課室，這時候，一直靜思着的黃予思，正好也睜開眼來了，她掀一下嘴角説道：「可以了，我保證這是一場廣受歡迎的表演。」

　　夏桑菊甚至還未知道表演內容，但他信任這個好朋友，放心地大大鬆口氣了。

第 **8** 章
祖母的行蹤

一整個早上，蔣秋彥和父母親四出尋找祖母。

為了令所有街坊也留意祖母的行蹤，蔣秋彥拿了祖母的一張近照和姓名資料等，走到影印店印一大疊，想要貼在街上和派給途人，增加尋獲的機會，影印店老闆知道了秋彥祖母失蹤的事，猛皺着眉說：「黑白影印會看不清楚的啊，我替你印彩色的！還有，這次影印我絕不收費，希望

尋人啟事

你盡快尋回家人！」

　　在街燈前貼尋人啟事，有身穿着制服的職員路過，看到了街貼內容，對秋彥說：「這裏不准張貼街貼，所以，你找到老人家後，把它們盡快撕下來吧，祝你很快便能撕去街貼。」

　　走到西環大街，很多街坊接過蔣秋彥手上的尋人啟事，對她鼓勵慰問：「沒事的，替你多加留意！」「我記得了，那是派飯的婆婆！婆婆是個善心人，一定會吉人天相！」「我替你將消息發送到

社區群組，希望讓更多人知道，發揮網民力量，你放心吧！」然後，有更多更多人加入了尋人大軍，讓蔣秋彥深深感受到一方有難八方支援的力量，她開始感覺沒那麼**孤獨**和**恐懼**了。

找了半天，蔣秋彥把全個西環找遍了，可惜還是**遍尋不獲**。她也跟爸媽通過電話，他們一個跨區找到中環，一個找到香港仔去了，但要在茫茫人海找一個人又談何容易，畢竟也是**大海撈針**。

就在她累得跌坐在公園內的一張長椅上休息，這才記起自己忘了吃早餐和午餐，甚至連水也沒喝過一滴。就在她心情悵惘

之際，手機響了起來，是一個不在聯絡人名單的**陌生號碼**。

在尋人啟事的單張內有留下了爸媽和她的手機號碼，希望任何有祖母消息的人，隨便打一個也可找着他們。所以，每一通來電，都是一個希望。

她連忙接聽，是一把女人的聲音，對方的聲音有點激動：「是蔣婆婆的家人嗎？我找到蔣婆婆了！但她好像不知道自己是蔣婆婆，所以，我遠遠地看守着她，你快來！」

未命名號碼
香港

蔣秋彥放下電話，馬上趕去西環海旁，她今早已找過海旁一帶，但不見祖母影蹤。在公園走去海旁只要短短五分鐘步程而已，但她還是心急如焚的截了的士，生平第一次獨個兒的乘坐的士，一刻也不敢遲緩。

跳下車，一個中年女人已在海旁前等候了，向蔣秋彥指指一角，蔣秋彥循着方向一看，只見祖母正坐在一張長椅上，很安全。蔣秋彥懸了老半天的擔心落了地，忍不住淚流了一臉。

中年女人替她送上紙巾，細意地安慰。她拿出手機，是一個轉寄

又轉寄了多次的尋人信息，笑着說：「幸好，我見到朋友轉發給我的信息，才會留意到這位老人家。現在沒事啦，快去跟祖母**團聚**吧！」

「謝謝你！我不知道如何感謝你才好！」

「我試過忘記拿手機，有**互不相識**的人，甚至追出食店門口，把手機交還到我手中。所以，這只是善意的回饋。」女人微笑說：「真想感謝我，繼續去幫助其他遇上困難的人吧！」

「知道了。」

蔣秋彥慢慢走近祖母，她向爸爸和媽

媽分別報了平安，兩人說會馬上趕來。她再回頭看中年女人一眼，卻發現女人已悄然離開了，她雙眼又忍不住發熱。

　　一步步走近祖母，那種感覺恍如隔世。滿以為每日如常地說早晨和晚安的家人，原來只要閉上眼睛再睜開眼，就有永久失去的可能。

這是一次珍貴的失而復得。

　　她氣定神閒的走到長椅的另一端坐下，跟坐在長椅另一端的祖母保持一段距離。靜靜眺望着大海的祖母，感覺到有人坐下，把頭轉向秋彥的方向。

而秋彥，正好也把頭轉向祖母，一老一少對視了一眼。祖母向她露出一個**和煦微笑**，打了個招呼：「小女孩，你好啊！」

「老婆婆，你好！」

「你也愛看海吧？」

「對啊，看着**一望無際**的大海，總會令人**心曠神怡**，好像甚麼煩惱也沒有了。」

祖母悠然自得的說：「我和我丈夫最愛坐在大海前，聽聽白頭浪打擊岸邊的聲音，一坐就是一整天。有時候海浪太大，浪花沖上了堤，飛濺到我倆的臉上，然後我和他總是互視地笑……對啊，他剛才走

了開去，不知到哪裏去了。」

秋彥對祖母笑笑的説：「老婆婆，請放心吧，你丈夫很快會回來。」

兩人就這樣輕鬆談下去，閒話家常的。

秋彥終於找到了跟那個「生病了的祖母」相處的竅門，那就是，只要把每一次見到的祖母，視作二人的初見。

第9章
班際表演

　　午息時間，夏桑菊接到蔣秋彥的來電，告訴他她已找到祖母了，會盡快趕回學校參與比賽。

　　夏桑菊斷然拒絕：「你今天該好好陪伴着嫲嫲，半步也不該離開啊。表演的事，由我們處理便好。」

　　蔣秋彥不放心：「誰會表演？」

　　「我們全個三戊班的同學，會一同表演。」

「咦？」

「一定是一場，精彩的表演。」夏桑菊引述黃予思的話説：「不用擔心，校方一定會把表演過程錄影的吧，你遲些可以看回，必定會大吃一驚！」

最後的兩節課，全校師生們都聚集在大禮堂內，小三級班際表演正式開始了！

小三共五班，順次序由甲班開始表演。甲班的一名女生表演了結他獨奏加上邊彈邊唱，演奏富有感情，歌

聲也動人，贏得所有師生的掌聲。

　　乙班和丙班不約而同表演了花式跳繩。乙班有八個同學跳長繩，眾人的默契度十足。三分鐘的花式表演，**一氣呵成**也全無甩繩的錯漏，是一次成功的表演。

　　反觀，丙班並沒那麼好運，由四人組成的跳繩群組，一開始便不順，一人踢到了繩端，一行人幾乎全被絆倒，引來台下的女生們驚呼。後來，跳繩的四人和控繩的二人希望**重整旗鼓**，但表現仍是不如理想，另一個男生又踢到了繩，只能重新來過。

在後台繞着雙手觀看表演的曾威峯，涼薄地説：「換作我是他們，趁着手邊有一條繩，不如表演吊頸就好，至少學生們都會**拍爛手掌**！」

夏桑菊真受不了曾威峯的**冷酷不仁**，忍不住説：「每個表演者上台前都作好準備，在上台表演失準，是另一回事。」

「男班長，你講到自己的演出經驗非常豐富，請問你上過幾次台？」

夏桑菊想開吵，黃予思這時開口，小聲地喝罵：「你兩個要吵，留到表演過後再吵，現在別**動搖軍心**！」

曾威峯和夏桑菊沒法反駁她的話，因

她的話真的對極了，二人只好各自轉開了臉，不看對方了。

當丁班的拋沙包表演完畢，終於輪到戊班出場了！

這一次，除了缺席的蔣秋彥，全班廿九個同學也走到了台上，是陣仗最強大的一班。

然後，兩男生和兩女生分別拿着咪高峰走到台下，作好了準備。

主持人方圓圓跟台下笑盈盈的說：「今次，我們三戊班表演的是接龍遊戲，

歡迎各位老師和同學一同參與。能不能順利接龍下去，就要看大家的腦筋急轉彎啦！好了，由台下的你們先作開頭，請各位踴躍參與！現在開始吧！」

黃予思、胡凱兒、呂優和叮蟹已站在禮堂的四周，準備向參與的同學遞上咪高峰，可是，有整整半分鐘，整個禮堂也鴉雀無聲，全校學生也面面相覷，誰也沒有舉起手來。

當所有人都認為這個表演糗大了，有一隻手臂在學生座位前戰戰兢兢地舉起來

了，胡凱兒即時向那位戴近視鏡的四眼女生遞過了咪高峰，四眼女生對咪說：「小三戊班個班！」

　　台上的方圓圓微笑接下去：「班長個長！」

班長個長！

長老個老！

小三戊班個班！

夏桑菊說：「長老個老！」

台下有同學舉手，叮蟹快速遞上咪高峰：「老夫子個子！」

台上的呂優笑著接過咪：「子虛烏有個有！」

夏桑菊嚇一跳，這好像不是小三，而是中三才學會的成語吧？呂優的文學根基也太好了吧？

老夫子個子！

子虛烏有！

這個接龍遊戲，挑起了禮堂內所有學生的興趣。由每個人你眼望我眼，到了每個人也**蠢蠢欲動**，但舉手的學生實在太多，台下四人只好交給最快舉手的一個。

看到全個禮堂熱哄哄的，夏桑菊心裏**感動不已**。他心裏在想，黃予思這一招真的太高明了。

是的，一切都是她的把戲。

今早，用了五分鐘思索的她說：「既然，我們誰都沒信心表演，那就別要表演好了。最折衷的方法，就是讓觀眾們也參與其中。因為，當所有觀眾都變成其中一

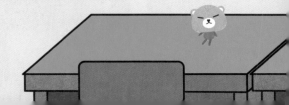

個參與的人，大家打成一片，焦點既不會聚焦在我們身上，他們又覺得好玩，這種互動的方式是最受歡迎的了。」

她說出了台上台下一同玩「接龍」的構思，然後說：「最重要的是，第一個開講的人，一定要做媒。因為一開始，百分之百不會有人舉手。那就等於在街頭見到有汽水公司派發免費汽水，沒有一個人敢去拿，但只要第一個人走過去拿到了，所有人也會一同去排隊，並視之為理所當然。」

　　所以，第一個**戰戰兢兢**舉手的四眼女生，其實是方圓圓的朋友，她們一早夾定了。

　　最厲害是，黃予思連時間也計好了，不遲也不早，一定要在半分鐘後，那個女生才舉起手來，好讓禮堂內有足夠時間營造出緊張不安的氣氛。

　　而事實也證明了……救命啊！現在整個禮堂陷入近乎**瘋狂**的狀態！

　　後來，大家玩得興起，連台下安老師也舉手了，叮蟹向她遞咪，她笑着說：「萬壽無疆個疆！」

　　台上的 KOL 正要接話，姜 C 卻搶過了 KOL 手上的咪，大喝一聲：「夠了！我要答這一題！」

　　整個禮堂靜下來，三隻黑烏鴉在半空中飛過，也不敢作聲。

　　姜 C 見自己成了全校的焦點，他先撥一下前額的髮髻，打出自己「帥」不可擋的七分臉，羞羞地說：「殭屍個屍！」

　　整個禮堂頃刻瘋狂爆笑，台下超過半數學生舉起手來想要搶答，姜 C 掀起了全場的高潮！

　　最後，這個遊戲欲罷不能，超時了一倍時間，在全校笑嘻嘻的歡樂氛圍

下結束了。

　　回到後台，眾同學互相祝賀，到了夏桑菊和曾威峯相遇時，兩人哼的一聲又移開了，繼續去跟另一個同學道賀去了。

　　走到黃予思面前，夏桑菊大大鬆口氣的說：「乳豬，你的主意太棒了，謝謝你。」

　　「沒甚麼，我也是戊班的一分子。」

　　「我們下次……」

　　「沒有下次。」她微笑着說。

　　晚上，夏桑菊在睡房內用平板電腦看Youtube，爸爸忽然敲門，一臉驚異地問：「小菊，蔣秋彥是你的同班同學嗎？」

　　夏桑菊奇怪爸爸這樣問，他從沒有在

爸爸面前提及過他的同學……不，這樣說不對，他根本不想給爸媽知道關於學校的事，他覺得兩人煩死了。

雖然，他搞不懂爸爸那副**驚異**的表情，但只能據實回答：「對啊，蔣秋彥是我同學，有甚麼事？」

爸爸向兒子展現了掌心上的手機畫面，「我今天在網上看到一則尋人啟事，她的祖母好像失蹤了，是不是？」

「對啊，她下午已順利找回祖母，有甚麼事？」夏桑菊看 Youtube 的卡通正看到緊張處，不滿被爸爸打斷，只想快快打發他。

「有人在網上發現了失蹤了的婆婆，原來在九年前，曾經接受訪問，向大家呼籲替她**命懸一線**的孫女加油！」

夏桑菊一呆，他這次沒有不耐煩了，想知道更多：「嗯，真的嗎？」

爸爸的聲音有點激動：「那個時候，我從網民轉發的消息中，得知女嬰病危，所以，我替當時剛出生的你拍了一個短影片，在『齊撐女嬰蔣秋彥健康成長』的帖子內，發給了她祖母和父母，也得到他們的感謝！真沒想到，這個女嬰**健康成長**了，更做了你的同學！」

然後，爸爸在手機裏搜出了那段三十

秒的短片，只見在嬰兒床上活像一隻猴子在瞪圓眼睛搖手擺腳、全身只包着一條尿布的夏桑菊，在身邊有一張大大的心意卡，卡上寫：「祝秋彥小妹妹早日康復！健康成長！」

夏桑菊看呆了，久久無法言語。

翌日早上，夏桑菊返回三戊班課室，見到在溫習英文測驗的蔣秋彥，他高高興興的走過去：「小彥子，你嫲嫲好嗎？」

「她很好啊。」蔣秋彥滿臉笑容地説：「小菊，感謝你昨天的幫助，方圓圓給我看了班際才藝表演的片段，你們的表現實在太棒了！」

「這個鬼主意由乳豬提出，是她的功勞啊。」夏桑菊轉用神秘的語氣説：「只不過，我昨天發現了一件神奇事，是關於……」

「小彥子！見到你就好了，我要給你一個驚喜！」剛踏入課室的曾威峯，打斷了夏桑菊的話，向她興奮走過來説：「我昨天發

現了一件<ruby>神奇<rt>しんき</rt></ruby>事，是關於你的啊！」

　　然後，曾威峯在蔣秋彥面前秀出了手機，是一張他在嬰兒時拍下的照片，照片中仍是嬰兒的曾威峯，在懸掛在頸前的口水布上放着一張紙，上面寫：「秋彥BB，要快高長大啊！加油！」

　　蔣秋彥充滿了驚訝，她由衷地對曾威峯說：「謝謝你啊！真的很神奇！沒想到你也是請我加油的其中一人，我倆更一同成長了，變成同班同學了啊！」

　　夏桑菊在旁目睹這一幕，他本來在校褸內伸出了一半的手機，慢慢放回衣袋裏。

　　曾威峯正想跟蔣秋彥交談下去，她記

起被冷落的夏桑菊，轉問他：「對啊，小菊，你剛才説的神奇事，是甚麼事？」

「沒甚麼，我昨天發現了……團結一心就能做好一件事，你看是否很神奇呢！」

蔣秋彥微笑一下，溫和地應對：「真的很神奇！」

然後，夏桑菊和曾威峯互瞪一眼，他便退出話題圈了，讓曾威峯和蔣秋彥繼續談下去。曾威峯好像成了她的救命恩人，她表現得非常開心。

夏桑菊步出課室，在走廊上自言自語的説：「傻子，你真是傻！」然後，他把父親轉發給他的短片，在手機內刪掉了。

第10章
完美的缺憾

　　兩天後，秋彥的爸爸請來負責照顧祖母的鐘點姐姐。姐姐約四十多歲，是個帶着**暖暖笑意**、勤快的胖女人，看起來也滿有愛心。她的工作時間由早上開始，直至傍晚有祖母的家人回來為止。

　　祖母在父母和秋彥的陪同下看了醫生，已得知自己的

情況，她表現積極，願意吃藥控制病情，希望病況會變好，最低限度可以**延緩退化**，祖母也樂意配合。

雖然，祖母定時吃藥，也有了照料祖母的人，畢竟比較放心，但秋彥仍是不敢鬆懈。

祖母請求着説：「萬一，嫲嫲忽然糊塗了，小彥子你要給我提示啊。」

於是，秋彥想到了一個好點子，防止跟祖母**相見而不相認**。

她找到了一張祖母生日一家人慶祝的照片，翻印成了很多張過膠的 2R 照片、也做了小貼紙。爸媽、秋彥和祖母每人都

放一張在銀包內、
放一張在手機的機
殼後、放一張在衣
袋內、也將小貼紙貼在祖
母的水杯下、貼在八達通卡前、貼在吹風
機上，一家人笑盈盈的影像無處不在……

　　她告訴祖母：「嫲嫲，要是你忘記了，
只要用這些照片對照一下，你就知道自己
是誰。」

　　「是的，以後我忘記了誰、忘記了我
自己，只要看到這張全家照，就像有了身
份證明，**無從抵賴**的啊。」祖母感懷
地說：「請你們提醒我，一次再一次提醒，

直至我又記起了，我們是一家人。」

秋彥説：「嫲嫲，無論你記不記起，我們也是一家人。」

「祖母老了，已經沒有用了。」

秋彥搖搖頭，想起一件事，她指指擺在牆角的電子琴，「祖母，你記得這個粉紅色電子琴，是哪裏買來的嗎？」

「我當然記得。」祖母説：「這一台電子鋼琴，是你説想學琴，我在二手賣物店買給你的。」

秋彥點點頭説：「雖然，它看來是一部保存得很新淨的六十一鍵電子琴，卻沒想到，拿回家彈過後，才發現第六十和

六十一顆音符壞掉了，沒有聲音。」

　　祖母點點頭説：「二手店説好了，七日之內有問題，可拿去退錢，但你不願意更換，使用至今。」

　　「是的，我當時告訴你，琴末的音符，用得着的機會不多，所以我不願意換新的一台。」秋彥看着祖母説：「其實，由於那是嫲嫲送我的禮物，就算並非十全十美，我也開心接受。」

祖母略有所思的點一下頭。

「嫲嫲,我自此學懂了一件事:有缺憾也是一種美麗。因為,不是誰也可以有那種缺憾,缺憾能令你變得很獨特。」秋彥說:「正如,我出生時也是一個有心漏殘缺的人,我也不完美,但那就是獨一無二的我。嫲嫲從來沒有嫌棄過我,對不對?」

祖母被秋彥的話感動了,走過去抱了孫女一下,秋彥沉在她懷裏,覺得一陣溫暖。

兩嫲孫久久才放開對方,祖母想起甚麼來問:「對啊,你不是說學校有鋼琴比

賽嗎？比賽舉行了嗎？」

秋彥在祖母面前表演過鋼琴，祖母應該弄不清那只是表演，並無名次之分。但她簡單地説：「我輸了。」

「沒關係啊，下一次努力。」

「好啊，我們一同努力。」

這時候，爸媽回到家中，父親見女兒和祖母談笑甚歡，他笑着問：「你們兩人笑得那麼高興，在談甚麼？」

秋彥和祖母相視了一眼，秋彥笑着問：「我們談論自己最大的缺點……對啊，媽媽你最大的缺點是甚麼？」

媽媽想了一下，笑着説：「我的缺點

啊？大概就是熱愛剪優惠印花購物吧。我也試過忘記帶印花，怎也不肯買，寧願下次再去。」

「這可不是甚麼缺點，是**精打細算**的優點啊。」祖母慈祥地笑。

秋彥轉向父親問：「爸爸你呢？」

父親表情一陣尷尬，「這個啊，有點難說。」

祖母促狹似的眨一下眼，「趁我仍記起，可以說出一大堆。」

父親**舉手投降**，自首似的說：「好了，我是有一個缺點，一直也改不了的。」

他的神情靦腆起來，慢吞吞的說：「乘

搭小巴時，我總是鼓不起勇氣叫『觀龍樓有落！』要是沒有乘客叫有落，我就會讓車子繼續駛下去，直至有人落車為止。」

秋彥嚇一跳問：「那麼，爸爸，你有甚麼解決方法？」

「解決方法？有啊，我不搭小巴囉！」父親額角好像冒出了三條線。

秋彥、媽媽和祖母相視一眼，彼此一陣愕然，然後一同大笑起來。

迷宮遊戲

猜猜以下哪隻小熊能夠吃到薯片？

大心熊 　　心心熊 　　小心熊

連線遊戲

請把粉紅色的數字順序連線，
完成後可以填上顏色。

反斗群英 ④ 預告

群英小學一年一度的學校旅行，
萬眾期待的大日子終於到來了！
小三戊班的同學，
在旅行日會遇上甚麼奇妙又瘋狂的經歷？

插班生胡凱兒的弟弟，
原來也在群英小學附近就讀。
胡凱兒和她弟弟總像貼錯門神，
兩姊弟會發生甚麼麻煩事？

最幽默爆笑和最溫情洋
溢的故事，在反斗群英
第四集一同併發！

即將轟動上市，
敬請密切期待！

書　　　名	反斗群英3：爆笑才藝比賽	
作　　　者	梁望峯	
插　　　圖	安多尼各	
責任編輯	王穎嫻	
美術編輯	郭志民	
協　　　力	林碧琪　Key	

出　　　版　小天地出版社（天地圖書附屬公司）
　　　　　　香港黃竹坑道46號新興工業大廈11樓（總寫字樓）
　　　　　　電話：2528 3671　　傳真：2865 2609
　　　　　　香港灣仔莊士敦道30號地庫（門市部）
　　　　　　電話：2865 0708　　傳真：2861 1541

印　　　刷　亨泰印刷有限公司
　　　　　　柴灣利眾街德景工業大廈10字樓
　　　　　　電話：2896 3687　　傳真：2558 1902

發　　　行　香港聯合書刊物流有限公司
　　　　　　香港新界荃灣德士古道220-248號荃灣工業中心16樓
　　　　　　電話：2150 2100　　傳真：2407 3062

出版日期　2021年9月初版・香港